Marcio Levyman

Fazenda Fazenda

Copyright do texto e das ilustrações © 2022 Marcio Levyman

Direção e curadoria	Fábia Alvim
Gestão comercial	Rochelle Mateika
Gestão editorial	Felipe Augusto Neves Silva
Diagramação	Luisa Marcelino
Revisão	Túlia Hortela

Dados Internacionais de Catalogação na Publicação (CIP) de acordo com ISBD

L668f   Levyman, Marcio

        Fazenda fazenda / Marcio Levyman ; ilustrado por Marcio Levyman. - São Paulo, SP : Saíra Editorial, 2022.
        24 p. : il. ; 23cm x 21cm.

        ISBN: 978-65-86236-82-8

        1. Literatura infantil. I. Título.

2022-3715
                                        CDD 028.5
                                        CDU 82-93

Elaborado por Vagner Rodolfo da Silva - CRB-8/9410

Índice para catálogo sistemático:
    1. Literatura infantil 028.5
    2. Literatura infantil 82-93

Todos os direitos reservados à Saíra Editorial

📞 (11) 5594 0601   💬 (11) 9 5967 2453
📷 @sairaeditorial   **f** /sairaeditorial
🌐 www.sairaeditorial.com.br
📍 Rua Doutor Samuel Porto, 396
   Vila da Saúde – 04054-010 – São Paulo, SP

Para a inesquecível Fanny Abramovich, professora e parceira,
que leu, viu e insistiu para que essa Fazenda um dia virasse um livro.

Para a querida Cecilia Zioni, que ajudou a plantar
a primeira semente dessa Fazenda na Folhinha de S.Paulo.

Fazenda onde tudo era duplo, inclusive o nome.

**Para se chegar até lá
era preciso andar duas vezes mais**

A casa tinha dois telhados, duas entradas, duas saídas

Na plantação nascia tudo em dobro. De cada semente, que era dupla, nasciam sempre dois pés que cresciam duas vezes mais.

O espantalho espantava duplamente.

Todas as árvores tinham dois troncos, duas copas e faziam duas vezes mais sombra.

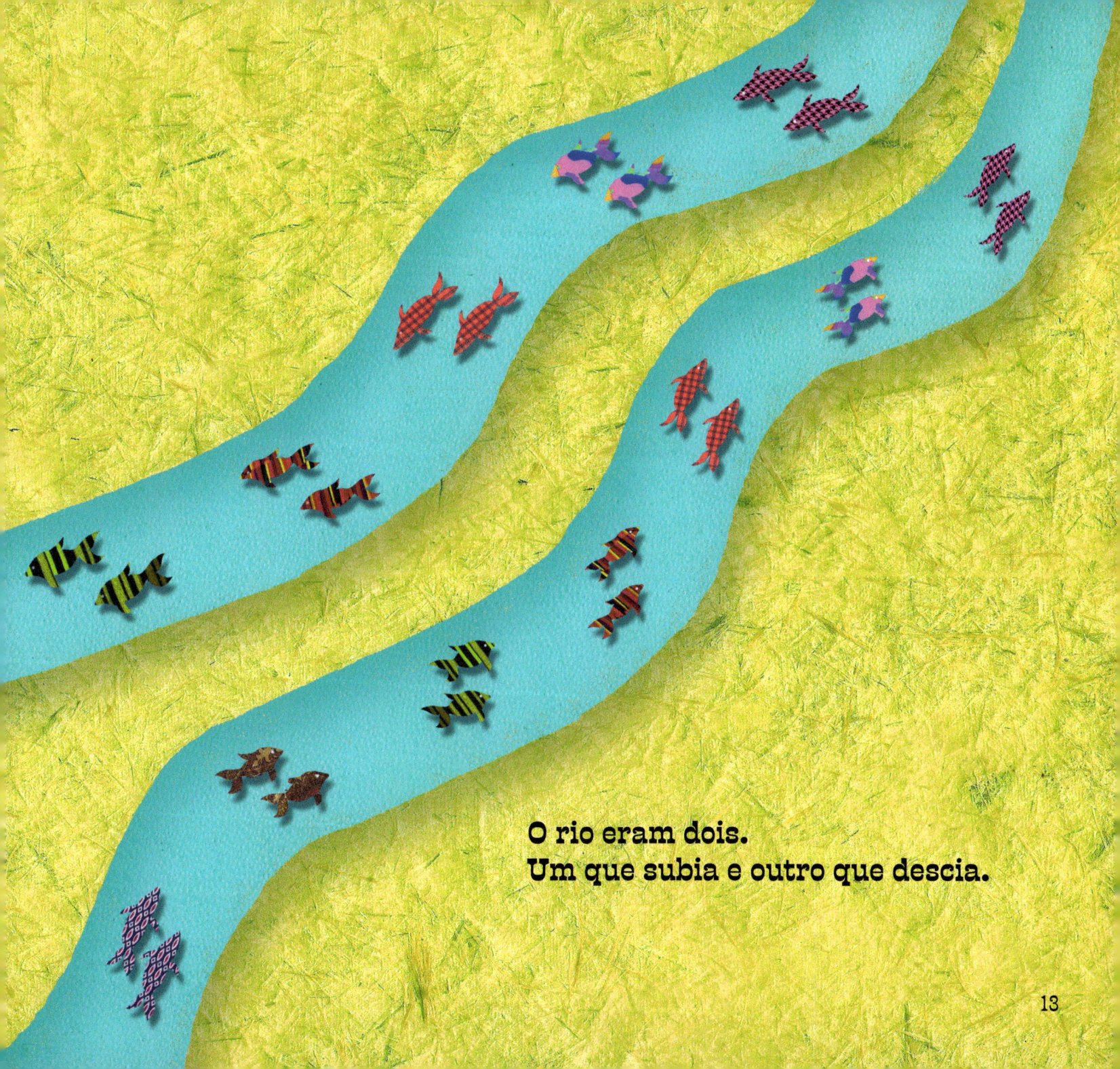

O rio eram dois.
Um que subia e outro que descia.

As galinhas tinham dois bicos e quatro asas.
Botavam o dobro dos ovos,

Nos porcos, com dois focinhos e dois rabos, cada rabo era enrolado de um lado.

Tirar o leite da vaca era trabalho dobrado.
Cada litro, na verdade, eram dois.

Porque o sol era duplo, fazia duas vezes mais calor durante o dia, que era duas vezes mais longo.

E até as nuvens eram duplas. Quando chovia, era chuva dobrada caindo duas vezes naquela fazenda que era o dobro dela mesma.

Marcio Levyman nasceu em São Paulo. Tem formação em Arquitetura, mas sempre atuou como artista gráfico e ilustrador. Participou de diversas exposições individuais e coletivas. Transitou pela fotografia, pelo desenho de humor, pela colagem e pela produção de materiais gráficos e objetos inusitados. Utiliza técnicas como o desenho a nanquim, a colagem em papéis, tecidos e texturas, os carimbos e as intervenções digitais. Colabora como ilustrador em livros infantojuvenis, projetos didáticos, jornais e revistas.

O texto que compõe este livro foi publicado, originalmente, na *Folha de S.Paulo*, na Folhinha, em novembro de 1984. Naquela época, Marcio Levyman colaborava no jornal com cartuns e tiras para os pequenos leitores.

"Fui leitor da Folhinha quando criança e, muitos anos depois, este foi o meu primeiro texto publicado. A ilustração que fiz para a publicação tentava sintetizar tudo em uma só imagem."

Marcio Levyman.

"Fazenda Fazenda"

Marcio Levyman

Eram duas vezes uma fazenda.

Fazenda onde tudo era duplo, inclusive o nome.

Para se chegar até lá era preciso andar duas vezes mais

porque a estrada de terra dobrava em todas as curvas.

A casa tinha dois telhados, duas entradas, duas saídas

e ainda por cima, dois donos que nela moravam duas vezes.

Na plantação nascia tudo em dobro. De cada semente, que era dupla,

nasciam sempre dois pés que cresciam duas vezes mais.

O espantalho espantava duplamente.

Todas as árvores tinham dois troncos, duas copas e faziam duas vezes mais sombra.

O rio eram dois. Um que subia, outro que descia.

As galinhas tinham dois bicos e quatro asas. Botavam o dobro dos ovos,

de onde vinham sempre dois pintinhos. Por sua vez, o galo acordava todo mundo duas vezes.

Nos porcos, com dois focinhos e dois rabos, cada rabo era enrolado de um lado.

Tirar o leite da vaca era trabalho dobrado. Cada litro, na verdade, eram dois.

Porque o sol era duplo, fazia duas vezes mais calor durante o dia

que era duas vezes mais longo.

E até as nuvens eram duplas. Quando chovia, era chuva dobrada

caindo duas vezes naquela fazenda que era o dobro dela mesma.

Marcio Levyman é arquiteto, cartunista e artista plástico.

Esta obra foi composta em Presley Slab e Covik Sans
e impressa em offset sobre papel couché fosco 150 g/m²
para a Saíra Editorial em 2022